이준정 시집

에
로
스

에로스

발행일	2022년 7월 13일
지은이	이준정
펴낸이	손형국
펴낸곳	(주)북랩

편집인	선일영	편집	정두철, 배진용, 김현아, 박준, 장하영
디자인	이현수, 김민하, 김영주, 안유경, 신혜림	제작	박기성, 황동현, 구성우, 권태련
마케팅	김회란, 박진관		

출판등록	2004. 12. 1(제2012-000051호)		
주소	서울특별시 금천구 가산디지털 1로 168, 우림라이온스밸리 B동 B113~114호, C동 B101호		
홈페이지	www.book.co.kr		
전화번호	(02)2026-5777	팩스	(02)2026-5747

ISBN	979-11-6836-385-4 03810 (종이책)	979-11-6836-386-1 05810 (전자책)	

이준정 시집

에로스

사랑하며 살았던 삶에 대한 고백

북랩

시인의 말

사랑에 대한 테마 중 가장 와닿는 것이
남녀 간의 것이 아닐까 한다.
이 시들은 내가 한때나마 사랑했던 그녀들과,
마지막으로는 아내를 생각하면서 지었던 시들이다.
그녀들의 이니셜은 아내의 HMY로 통일하였다.

사실, 아내 얼굴을 볼 낯이 없고 민망하다.
하지만 나의 진실들이었기에 나는 이 글들을 남긴다.
아내가 나의 과거를 이해하길 바랄 뿐이다.
아내가 내게 가장 소중하다.
아내에게 바치는 시들이 이 시집에 들어 있고,
그것이 내 긴 에로스 여정의 결론이다.

2022. 7.
영도 정요양병원에서
이준정

2부

4부

1부

끝을 향해

나는 목자의 아들, 장막 앞에 서 있다.
그녀는 내 사랑이고 한때 나의 심장이었다.
지금, 그녀는 내가 아니다.
허나, 나는 주의 뜻을 기다린다.

어느 여자의 질투심.
그리고 거기에 말려간 나의 비극, 그것이 나의 모습.

에로스란 또한 무지개의 산물이며
여느 사랑처럼 눈물의 씨앗.

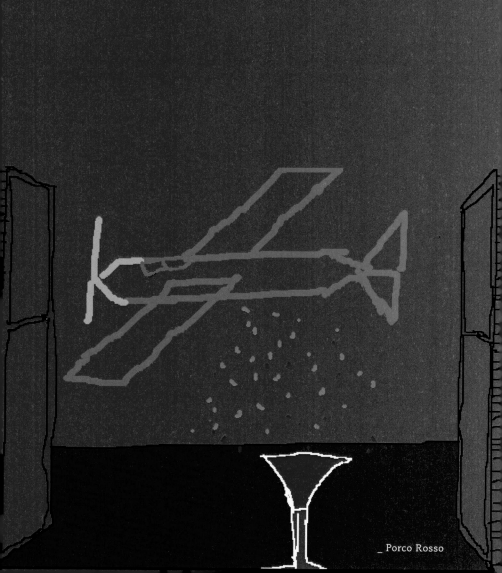

_ Porco Rosso

3번째 짝사랑

야곱이 절던 그 햇빛 아래, 비가 내린다.
아니 비가 아니라 눈이 내리는 것 같다.

3번째 주기에 행성은 각성한다.
지금껏 하얀 것은 백지였었다고….

동네를 메웠던 꽃향기도
이제는 향수였는지 오락가락한다.

나를 위한 것이 아닌,
그 은유들은
전혀 다른 이들의 것이었다.

하늘은 하얗고,
땅은 고통에 차 있다.

나의 환도뼈는
깨어지지 않았기를 바랄 뿐이다.

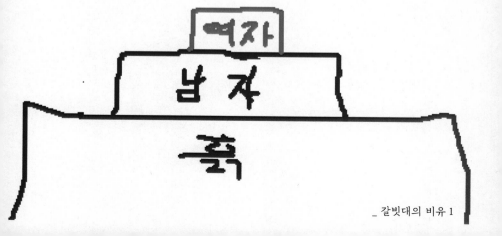

_ 갈빗대의 비유 1

14박 15일 유럽 16개국

암스테르담에서 그녀는 예뻤다.

어느 중국식당 테이블에서
그녀는 예쁘다 못해 눈부시게 아름다웠다.

그녀가 두오모의 성모상 앞에 있을 때
그녀는 마치 10대 소녀처럼 보였다.

하이델부르크에서
우리가 어느 에스프레소 종류를 급샷했을 때
커피맛보다 그녀의 따라줌이 고마웠다.

피렌체의
헤라클레스상의 머리는 사진에서 잘려나갔지만,
그녀와 함께 마신 콤파니아는
처음으로 달콤했다.

스위스 목재 다리에 새긴
나의 '스위스는 고슴도치와 같다'는 말에
그녀는 남의 문화재에 왜 낙서를 하냐고 했다.

오스트리아 황금지붕 밑 거리에서
우린 요리를 먹었고 와인을 마셨다.

와인 잔에 비친 그녀의 얼굴은 역시 예뻤다.

빈사의 사자상 앞에서 그녀는 내게 핀잔을 줬지만,
난 그녀의 마음을 알 수 있어서 견딜 만했다.

그래도 내가 폼페이의 기둥 위에서 한 팔을 들었을 때
그녀의 진지했던 표정을 나는 기억한다.
아이들이 황제폐하를 외쳤지만
난 그녀만을 보고 있었다.

가인

조용한 강처럼
고요히 풀잎에 맺힌 이슬처럼
그렇게 가인

짧지만 짧지 않은 시간
그리고 가까운 거리
사랑한다고 속삭였다. 마음속으로
네 마음을 뺏고 싶었다. 억지로라도
가끔씩 네 입에서 뿜는 열기가
나를 향한 것으로 믿으려 했지만
혼자된 네 자취방을 생각하면
아름다운 네 얼굴만 생각해도
또는 수줍게 미소 짓는 너의 향기를 상상하면
나는 웃을 수밖에 없었다

이때를 위해 참아왔지만
인간은 예민해도 또 참아야 하는 존재
좋은 사람, 아름다운 사람,
그리고 수줍은 색시 같았던 사람
사랑 사랑, 많은 말들
거리를 걸어가는 연인
달콤하게 또는 쉽게 하는 연가
사랑한다고 말했다 마음속으로
그리고 참았다 이때를 위해
너는 나의 피동생
Philos로는 표현 안 되는…
오래된 책의 가인의 이야기들처럼
너는 내 앞을 흘렀다.

안녕 내 연인
하지만 안녕 내 피동생
오래된 책들의 가인의 이야기들처럼
넌 순박한 흰꽃

가인 2

그대는 여자라고 보기엔 너무 빨랐습니다.

당신을 기다리다 잊혀져 사라져간

내 마지막 모습을 기억하나요?

그때 우린 너무 어렸습니다.

그대는 잔인했고 나는 너무 많은 걸 바랬습니다.

어둔 세상에서 한번씩만 반짝이는 빛으로

어떻게 길을 찾아갈 수 있나요?

천사의 모습으로 잔인했던 그때를 기억합니다.

하지만 흐르는 시간에 원망도 흩어져버렸습니다.

그대를 다시 볼 수 있다면 무슨 말을 할 수 있을까요?

고백

낮은 바람
바람은 바람이나 무능력한 바람

샆풍은 나무 끝에 머물고
노예는 해방을 꿈꾼다

나는 여자를 믿지 않고
사랑을 믿는다

나 자신은 소중하기 때문에

_ 겨울 눈사람 둘 1

고백 2

당신은 외로운 나의 늑대.
나는 당신의 무방비의 강아지.

당신은 하늘을 받치는 나의 기둥.
나는 당신의 끝없이 깊은 우물.

당신은 나의 정밀한 두뇌.
나는 당신을 인도하는 머리.

당신은 끝없이 진노하는 나의 하늘.
나는 당신이 닿을 수 없이 풍랑이 이는 바다.

우리는 아마도 예전에 만났을 것이다.
단지 기억이 안 날 뿐.

마주보며 닿을 수 없는 하늘과 바다는
어딘가에서 만나 서로 기뻐할 것이다.

그 기쁨은 매우 커서

우린 헤어질 수 없을 것이다.

공자의 딸

공씨는 다 공자의 후손이라고 했나?

그중에서도 작게 피는 바이올렛
노란 종을 노상 올리던 나의 소년병

청바지에 빨간 잠바
슬픈 표정으로 낡은 운동화를 신고
그야말로 세상 끝까지 갈 기세…

이제 잘 가라.
남의 여자로

나도 접는다.
너의 장군

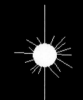

_공전

그녀의 이야기

소녀의 남편은 의사라고 했다.
그는 키가 크고 멋진 외과의사였다.

그녀는 남편을 위해 주말마다 양말과 속옷을 준비해 갔다.
그는 그녀를, 그녀는 그를 이해할 수 없었다.

그가 떠나갈 때, 그녀는 잘 다녀오라고 했지만,
마음에는 폭우가 쏟아지고 있었다.

그가 돌아왔을 때, 그녀는 그의 뻔뻔한 모습에 상처 입었다.
그에게 매몰찬 말을 뱉고 돌아섰지만,
상처는 자신의 가슴에도 깊게 배어들었다.

이제 그녀는 소녀가 아니다.
꿈 많던 소녀의 꿈은 이미 세월과 함께 사그라져갔지만,
그녀의 속은 아직도 소녀인 채로 남아 있다.

GLORIA

희끄므레해지는 기억과
나의 믿음 없음에 내가 닳아갈 때쯤
수업시간에 너를 보았다.

피가 마르고 또 피투성이의
내 아사셀 염소
눈물이 말랐음을 한탄하며
난 또 하루를 보낸다.
아, 나는 너의 무엇인가?

글로리아, 너는 나의 영광
오늘 또 지나는 일상에서
너의 환영이 나의 핸드폰을 지날 때
나는 네 발에 입맞추고 싶다.
오 나의 글로리아

다시 한 챕터 넘어가는 길목에서
너는 유령처럼
내 주위의 종을 울린다.

오 나의 글로리아
이는 너의 마음
또 내 마음
노란 너의 혼이
내 주위를 맴돌 때
나는 너를 사랑한다.
오 나의 글로리아

GLORIA 2

새벽에 들어온 너의 메시지가 이렇게 다급한 줄 몰랐다.
오늘 너를 다시 볼 수 있을까?
오늘이 지나면 널 다시….
자욱함 속에서 너를 안을 수 없었다.
사랑한다. 내 사랑

네 마음의 아픔이 내 상처

남태평양의 피지라는 섬

모든 별은 미가엘의 것이었다.
내가 그렇지 않다고 알게 되었을 때는
많은 시간이 흐른 뒤였다.
그녀도 미가엘이 가장 훌륭하다 믿었을까?

그녀 생각에 집중하지 못해
하수구에 떨어뜨린 핸드폰은
꺼내다가 부서져버렸는데
그녀가 그것을 알았을까?

그녀가 유학 갔던 미국 어느 도시는
나의 동경의 땅이었고,
그 후엔 피지로 가고 싶었는데,
그녀가 그것을 알았을까?

그녀는 나와 피지로 갈 수 있었는데
마치 일본 만화의 한 장면처럼
그렇게 우주로 이륙할 수 있었는데.

하얗게 내리는 진눈깨비에 내 마음도 하얗게 변해갔다.
고통스럽게 내 자신이 지워져갔다.
그렇게 울부짖던 외침도, 하염없이 흐르던 눈물도
흩어져 흩어져 잊혀져 간다.

내 아내

복숭아꽃이라고 했나?
허나 내 꽃은 복숭아꽃은 아니다.

어떤 열매를 맺기 위한 크고 우람한 꽃

향기는 진하지 않으나
열매가 다른 꽃과 비교가 안 되는 꽃

그래, 내 꽃도
사랑이다. 아름다운 꽃이다.

내 여자

내 여자는 나의 머리.
나는 그 여자의 두뇌.

내 여자는 나의 강아지.
나는 그녀의 늑대.

나는 그 여자의 높이 솟은 기둥.
그녀는 나의 우물.

우리는 지상을 중심으로
위로 아래로 서로 바라보는 그림자

대설

슬픈 달의 구름이
땅 위에 다 쏟아지고

하늘은 용서의
메시지를 온통 보낸다

온 곳에서 설경이 둘러싼 날
주의 천사가
더 뿌리시리라

(2001년도에 유난히 눈이 많이 왔습니다)

도미니카

나의 사랑 도미니카,
내가 널 그렇게 부르고 싶다!

Blind surgery가 시행될 거야!
옷깃을 여미는 곳에서

그 후에
우리가 다시 만나서
서로를 포옹할 수 있을까?

_꿈 4

도플갱어의 축복

오늘은 나만을 위한 발렌타인데이

도플갱어가 메시지와 함께 나에게 보냈다.

그가 나에게 보낸 초콜릿이
오히려 더 맛있는 건
그녀들의 메마른 가슴 때문일까?

우유부단하고 무르기만 했던 그는
이미 나를 모른다.

2부

떠나간 아기를 기리며

오래 사랑한 꿈속의 너

천둥은 무작위적이지만
누군가는 필히 아파한다

그리 오래 살아서 꿈속을 거니는
깨뜨려질 수 없는 사랑

내 안에 영원한
또 살아서 영원할
나의 사랑

반드시 다시 돌아와
너의 자리를 채울
나의 아가야

Love is psychosis

Day dream
A cross point of flight of idea & actuality.

A fever
Ambivalence of love & hate

Parting
This is a free-floating anxiety and agitation
Sometimes, feeling pain to panic
Depersonalization & derealization

Leaving
A shock makes all world around me retard
Definite perseveration of time!

Jealousy, hatred, loveliness
Sometimes, I hear her voice in my mind

Oh, I am beginning to fly to heaven
with her over the mars

Where I fall down
There is Idea of reference

루이비똥

파리에서 한사코 안 보여주던 너의 가방도
내 가슴을 차갑게 얼리기만 했다.
배 위에서 모델처럼 폼 잡던 널
난 애써 외면했지만, 사실 넌 눈부시도록 아름다웠다.

나는 아직도 그 루이비똥을 모른다

_ 나의 결혼

미소

양미간 두 개의 검은 보석
눈부신 미소

그녀는 잠시 뜨는 태양
가지 많은 나무

바람 속에서
마치 늘어뜨린 금어초처럼
그렇게 품위 있고 싱그러운 너

그대 향기를 맡을 수 없어도
난 그대의 눈빛에 할 말을 잃는다

사막에 살아남지도 못할 나인데
사막에서 피는 귀족의 꽃이 웬 말이냐?

백설과 백골

'뼛속까지 얼어붙는 추위 속에서
당신을 만났소'
'당신은 툰드라의 백합
끝없는 어둠 속 그대는 한 송이 향기였소'

"그때 당신이 있었어요
큰 날개를 두 개 달고 있는 천사"
"온 세상이 하얗게 덮인 눈밭에서
당신은 내게 왔죠"

세상은 온통 얼어붙은 것뿐인데
왜 당신은 거기 서 있었는지
눈물도 없는 곳
당신은 내게 생명이네요

닿을 수 없는 몸짓으로
하얗게 지새운 수많은 날들
'그대는 나의 동지'
"나는 그대의 편"

적들과 아군이 누군지도 모르는
그대는 나의 사랑

설마!
이곳에서
살아있는 그대가 있었는지
미처 몰랐어라

'오 나의 사랑
천 개의 다이아몬드가 그대와 같을까'
"오 나의 사랑
왕의 의복이 그대와 같을까"

"당신은 나의 첫 아름다움, 나의 후원자"

별

나는 하늘에 올라가 별이 되려 했다
그러나 그것은 불가능한 꿈
인간의 굴레에 철없이 반항하던 먼 옛날의 꿈

너는 내게서 별의 꿈을 지워버린 사랑
내가 꿈꾸던 것은 그런 것이 아니었는데

이제 나는 너의 위에 안착
위쪽으로가 아니라 앞으로만 간다

나의 꿈들을 시기하는 너에게
난 잘못도 안 했는데 꿇어앉아 빈다

이제 너는 나의 가장 고요하고 큰 다이아몬드
예전의 기억 속에서 러브레터를 다시 뜯는다

나는 너의 아빠가 되겠고, 너의 아기가 되겠으며
너를 지키는 단단한 바위가 되겠다

너는 나의 엄마가 되어야 하고, 내 아기가 되어야 하며
나에게서 떠나지 않는 보석이 되어야 한다

별로 멀지 않은

견우와 직녀가 우리와 같았을까?

비록 칠월칠석은 아니지만,
우리는 서로를 그리워한다.

비록 우리 만남은 매우 짧았지만
우리 마음은 은하수를 가로지를 만큼
서로를 그리워한다.
별로 멀지 않아서 서로의 주위를 맴돈다.

내 전장에는 노란 깃발이 뒤덮인 지 이미 오래.
이제는 칼바람 소리와 노란 종의 울림이
전장을 가득 메웠다.

_ 남과 여 2

불빛 다시

너를 발견한 것은 내가 아니었지만
너로 인해 내 속에 꽃이 다시 피고 있다.

MY야. 너는 천만인의 어미가 되어라.

너는 내 보석 중 가장 귀한 것
나의 사랑, 모니카! 내가 널 그렇게 부르고 싶다.

지진을 일으키거나 폭풍이 치는 바다가 아닌
드디어 잔잔한 바다를 만나다.

_ 남자 꽃(파란 장미, 검은 백합, 노란 바이올렛)

비밀의 동산

아담이 하와를 만난 날,
그날은 살신성인의 날.
그도 가리시는 곳.

그곳은 꿀물이 솟아오르는 나의 정원
찔레꽃과 장미 향기가 구토를 일으키는 나의 동산

온갖 쓰레기와 배설물에 행복해하는 나의 동산
내 아내가 있는 침실

배 위로 흐르는 시냇가와
탐스런 포도가 알맹이채로 달려 있는 곳
익은 두 열매가 서로의 향기로 유혹하는 그곳

나의 뜨거운 육체가 쉴 곳에서 시냇물을 마시는 곳

아, 참 달기도 하여라.

아, 새콤하기도 하여라.

아, 실로 죽을 것만 같이 향기롭구나.

아름답구나! 나의 사슴이여.

귀를 타고 머리에 숯불을 지지는 나의 사슴이여.

둘이 하나

주가 창조하신 영이 온전해지는 자리

그의 손으로 덮으시는 나와 그녀의 자리

비상도

사랑한다는 말은 오래가지 못한다.
내 마음이 저 달과 같다는 말은 오래가지 못한다.

오히려 말을 하지 않고 내 가슴에 침전해다오.

사랑은 만 가지 모습을 가졌지만, 만 번쨈 잊어가는 것.

_ 달

뻐꾸기도 시샘하는 사랑

그 누군가의 싱그러운 풋사과보다도
나를 따뜻하게 하는 인연

어떤 여자에게도 사랑은 받지 못했지만
볕들 날 없는 쥐구멍에도
언제나 그렇듯이 임자는 찾아온다
마치 자기 집을 향해 날아오는 어미 철새와 같이…

겨울에 홀로 핀 미니 장미여!
그대의 주홍색 불씨를 꺼뜨리지 말아주소
뻐꾸기도 시샘하는 나의 사랑이여!

_ 데이트의 밀당

사냥꾼은 사슴을 잡았을까?

사냥꾼이
사슴이 어디로 도망갔는지 물었으나
나무꾼은 대답하지 않았다.

나무꾼은 과연 선량했을까?
사슴은 사냥꾼의 것이었는데.

사냥꾼이 끝내 사슴을
잡았는지 안 잡았는지는 알 수 없으나
사냥꾼이 포기를 하지 않았음은 자명하다.

_들꽃

살인광 시대

나는 제어기가 고장 난 폭주기관차
나의 탈선은 1000년 전에 시작되었다.

끝도 없는 어두움을 뚫고…
다다른 곳에
떠오르는 새로운 portal의 site

그곳에 내가 있었네
그때 네가 있었네
우승트로피를 온몸에 박아넣은 네가 거기 있었네

삶이 그대를 속일지라도 2

그 어느 날엔가 시작된 나의 운명이여

짧지만 짧지 않은 기간
인내했다 날이 새도록

화낼 문제가 아니지만
이 몸무게라니?

삶이 우리를 속이던가
우리가 삶을 속이던가

_ 만날 수 없는 길

세 번째 사랑의 시

그녀는 나의 항공모함
나는 그녀의 한 마리 폭격기

마치 하룻의 출격같이
나는 너를 내 기지 삼아 싸울 것이다

내 소유는 너의 피땀으로 이루어졌고
나는 그것을 팔아 삶을 이루리라

_ 바다 1

속초의 북두칠성

내 짝사랑은 이것으로 세 번째였다.
이런 것이 가슴 아픈 줄 이제야 알았다.

담배만 연줄로 피워댔다.
바다가 위로해줬다.

하늘의 별은 태연하게도 내 앞에
지도처럼 박혀 있었다.

_ 바다 2

3부

수산나

이제야 만난 라파엘의 차가운 불꽃
불꽃 속에서 나를 맞는 따뜻한 숨결.

"내 삶을 사랑하려 했지만 이젠 틀렸다. 주 뜻대로 돼버려라."
"이젠 더 이상 버틸 수 없다. 될 대로 돼버려라."

주가 예비하신 그 뜻대로 되어버림을 바랄 때,
처절히 안 지켜진 약속의 끝에서 네가 기다리고 있었다.

수산나 2

약속의 끄트머리에서 만나게 된
홀로 타오르는 불꽃.

폐기된 몇 번의 약속의 끝에서
바로 네가 있으니,
이제는 내 전장에 백기가 휘날리기 바란다.

사랑아. 나를 버리지 말아라.
이 길의 끝에서 나를 구원해다오.

사랑아, 사랑한다.
네가 날 사랑하듯이….

사랑아, 사랑한다.
그 거침없는 마음을….

이삭의 아내처럼,
너는 천만인의 어미가 되어라.

나의 신부여 - 아가서 1부

낭떠러지 은밀한 곳 나의 비둘기
내 사랑 어여쁘고 어여쁘다.

너울 속의 네 눈 비둘기 같고
그 속의 머리털 산기슭 염소 같다.
네 입술 루비 같고 네 뺨 석류 한 쪽이다.
두 유방은 백합화 가운데 풀을 먹는 새끼 노루.

입술에서는 꿀방울이 혀 밑에는 꿀과 젖이
의복에서는 향기로운 냄새가 난다.
잠근 동산, 덮은 우물, 봉한 샘.
동산의 샘, 생수의 우물, 흐르는 시내.

뺨은 향기로운 꽃밭, 풀 언덕.
입술은 백합화처럼 몰약의 즙이 뚝뚝.

손은 황옥을 물린 황금 노리개.
몸은 아로새긴 상아에 청옥을 입힌 듯.

너는 나를 도장같이 마음에 품고
도장같이 팔에 두라.

사랑은 죽음같이 강하고
투기는 음부같이 잔혹하여라.
사랑은 많은 물도 홍수라도 끄지를 못하나니
불타는 사랑은 죽음으로도 끌 수 없도다.

술람미가 말하겠습니다 - 아가서 2부

당신께 입맞추고 싶어요
당신 사랑이 와인보다 달콤하니까요

당신 향수가 진하고 당신 이름이 향수 같아서
다른 여자들이 당신을 사랑하네요

당신이 나를 방으로 끌어들이시려 하니
당신이 나를 이끄세요

오빠들이 나를 따라오며 나를 기뻐해요
당신 사랑이 와인보다 달콤하니까요
다른 여자들이 당신을 사랑하는 것이 당연하네요

봄의 결혼식 - 아가서 3부

당신이 속삭이는 소리
귀여운 사랑, 어서 일어나요
예쁜 사람, 이리 나와요
겨울은 가고 장마도 갔소
꽃피고 나무도 접붙는 때
비둘기 구구구 우는 봄이 왔어요

달래도 우엉도 식탁 위에 놓였어요
나의 사랑, 일어나요
나의 사람, 이리 와요
낭떠러지 은밀한 곳 나의 비둘기
나 그댈 보고 싶어요
그대 목소리 듣고 싶어요
그 목소리 달콤하고 그대 모습 어여뻐요

Das Hohelied Salomos
<Meine Braut> – Teil 1

Geheimtipp auf der Klippe Mein Tauben

Meine Liebe ist schön und schön.

Ihre Augen sind wie Tauben in den Wolken.

Das Haar im Inneren ist wie eine

Ziegen am Fuße eines Berges.

Ihre Lippen sind wie Rubis, ein Granat auf Ihrer Gase.

Die beiden Brüste sind gras-Ruh im Herzen von Lilien.

Auf den Lippen sind Honigtropfen,

Honig und Milch auf der Zunge.

Die Kleidung hat Duft.

Schließt Garten, überdachte Brunnen,

versiegelte Quelle.

Ein Gartenquelle, ein Brunnen mit Mineralwasser,

ein fließender Fluss.

Die Schäfte sind Duftblumenbetten, Grasberge.

Der Saft der Myrh fällt aus den Lippen wie Lilien.

Die Hand ist ein goldenes Spielzeug,

das von einem gelben Jade gekissen wird.

Der Körper ist wie ein reines

Jade auf einem geschnitzten Elfenbein.

Sie haben mich in Ihrem Herzen wie eine
Seel und setzen mich in Ihre Arme wie eine Seel.

Liebe ist so stark wie Tod und Neid ist
so grausam wie die Hölle.
Viele Wasser und Überschwemmungen können
die Liebe nicht stoppen. Und
Ein brennender Liebe kann nicht durch den
Tod auslöscht werden.

Das Hohelied Salomos
<Sulammi wird sagen> – Teil 2

Ich möchte dich küssen.

Weil deine Liebe süßer ist als Wein.

Ihr Parfüm ist stark und Ihr Name ist wie Parfüm.

Die anderen Mädchen lieben Sie.

Sie versuchen mich in den Raum zu ziehen.

Sie führen mich.

Sie folgen mir und freuen sich für mich.

Weil deine Liebe süßer ist als Wein.

Kein Wunder, dass andere Frauen dich lieben.

Das Hohelied Salomos
⟨Eine Frühjahrszeit⟩ – Teil 3

Der Ton von Ihnen, die Flüstern.

Liebe, aufwachen Sie.

Schöne Person, hierher kommen Sie!

Der Winter ist vorbei und die Regenzeit ist vorbei.

Wenn die Blumen blühen und die

Bäume zusammen bleiben

Der Frühling ist da, wenn Tauben singen

Dalat und Burdock waren auf dem Tisch.

Aufwachen, mein Liebe

Meine Person, hierher kommen Sie!

Geheimtipp auf der Klippe Mein Tauben

Ich möchte Sie sehen.

Ich möchte Ihre Stimme hören

Ihre Stimme ist süßund Sie sind schön.

아기 떠나다

그날 무슨 일이 있었는지 아는 것은
몇 명 되지 않는다

그러나 이제 너도 안녕

그 해부학실의 카레라이스 같던 subcu 사이로
내가 본 것은 하늘에서 내려온 천사

이제 너를 보낸다
만리장성을 쌓으려던 나의 계획과 함께

짧은 순간의 달콤함이여 이제 안녕

잘 가라
남의 여자로

나도 접는다
너의 바위

아주 달콤한

그이는 잘생겼고 복도 많다.
비극으로 끝나기에는….

갖지 못한 것은 운명의 허락.

삶이 그저 이생뿐이라면
내 오늘 그대를 만나리.

_ 바다 위에서 1

야옹이와 곰의 인간이 되기 위한 투쟁에 대하여

곰이 먹은 것은
1톤이나 되는 파와 마늘

그가 괴로움을 쌓아나갈 때
야옹이는 고민했다.
야옹이의 양식은 이런 것이 아니었는데

그것은 야옹이가 육식이고
곰이 잡식성이기 때문만은 아니었다.

사실
저울에 무게를 단다면,
야옹이가 먹은 것이
곰 양에 뒤처진다고 결코 말할 수 없을 것이다.

곰의 인내심은 상상을 초월했다.
그녀는 야옹이를 사랑했을까?

어찌됐건,
우리는 이후의 야옹이에 대해 아는 바가 없지만
야옹이가 곰 양이네 식구가 되었다는 설이 있다.

하늘에서 사람을 이롭게 하려고 내려오신 분이
야옹이도 많이 사랑하셨나 보다.

언젠가 우리 만났던 날

풋사랑은 X세대의 신입생 OT 때부터였다.
처음 본 그녀는 나를 닮아 보였다.

항상 그렇듯 남자는 첫눈에 반하고 계속 맴돈다.

그녀가 모른 척하면 남자는 절망에 빠지지만
그녀의 위로의 말, 마치 어둠을 밝히는 촛불과 같다.

겁쟁이 남자에 여자는 실망하고
여자의 화는 남자를 상처 입힌다.

까다바 실습실에서 그때 난,
오래된 가인, 팔 벌린 천사를 보았다.

사랑이란 것은 교감신경의 흥분과
그것에 의한 재앙과 같았다.

용서하는 것은 정신의 향유이고,
분노하는 것은 육체의 향유이다.

이제 와 생각하면 그녀와의 하룻밤 만리장성은
다른 사람의 것이었나 보다.

욕심 많은 구도자처럼,
나는 머리와 가슴을 다 가지려 했나 보다.

어줍잖은 장난들로 얼룩진 시간들
그 속에서 내 젊은 날이 더욱 빛나길 원한다

EROS

내가 사랑에
빠졌는지 안 빠졌는지 모르겠으니
누가 그것을 알려줄 수 있겠는가

무엇이 진실이고 무엇이 거짓인가
누가 아는가

슬픈 길을 걸어 오늘도 나는 지하철을 지난다
아, 나는 배신자인가

그대 홀로 있음에 나는 외롭다
누가 그것을 알려줄 수 있겠는가

무엇이 거짓말이고 무엇이 사실인가
그만 아시겠지

만감이 교차하는 길을 걸어 나는 버스를 기다린다
아, 나는 그대인가

_ 바다 위에서 2

HMY

내 삶의 끝에 찾아온 너는
눈부신 순백의 사랑

리브가가 이삭을 이해한 만큼 나를 이해하는,
야곱에 대한 라헬의 의미만큼 내게 의미인 너.

변하지 않을 나의 정착지
더없이 순박한 내 사랑

MY야!
내게 와서 천만인의 어미가 되어라.

_바다 위에서 3

H

내 H는 러시아 고양이

마치 아무 소리도 안 듣는 듯, 참고 있어도
사실 내 말을 다 듣고 있다네

피곤하고 큰 덩치로
오후에 일어나 주위를 두리번거린다.

H 2

H야!
내 마음은 엉킨 실타래와 같아서
너 외에는 아무도 풀 수 없구나.

너는 나의 심장이며, 나의 국부.
그리고 원래는 없었던 나의 왼쪽 다리.

네게 목숨처럼 원하는 것은 나를 살해할 귀여움.
네가 내 곁에서 뭐라고 해줬으면 좋겠다.

H와 나

H야
네 낭군은
우리에서 나온 덜 큰 씨소처럼 뛴다.

네가 내 고삐를 쥘 거고
나를 네 품에서 재워줘야 한다.

왜냐하면
네 낭군은 네 품 외엔
쉴 곳이 없기 때문이다.

주께서 네 노고를 알고
너를 품어주실 것이고
너는 병아리가 어미 품에서 기뻐하듯
그의 품 안에서 짹짹일 것이다.

내 사랑
사랑한다.

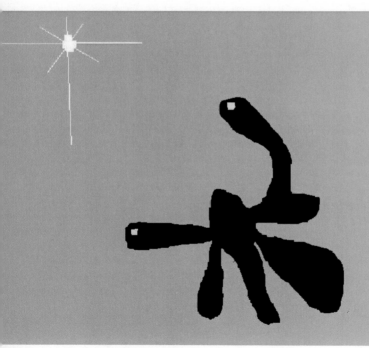

_ 빡퉁이와 씹탱이

H와 허무

우리는 무엇을 찾으러
이 세상에 왔을까?

무엇?!
안정된 삶? 사람대접?
그럼 자기 자신?
사랑? 아픔?
성취감인가?

지독한 상처와 아픔들
가면 같은 것을 얼굴에 뒤집어쓰고

생각할수록 채울 수 없는 건
이 공허함

주님. 당신은 이 공허를
채우실 수 있습니까?

편협된 생각의 감옥 속에 갇혀서
하루하루를 속아서 산다.

희소가치 제로
쓰레기 자아들
70억 개의 쓰레기 파편들

세상을 고치는 자만이 세상을 이끌어간다고?
누가 그런 거짓말을 하더냐?

맴도는 역사
고통받는 생물들을 보라!

H, 사랑한다.
그래서 널 사랑한다.

하지만
너에게서 받는 이 상처 또한
나를 아프게 하는구나.

M

내 M은 순박한 찔레꽃
깜빡이는 하얀색 별

피보다 진한 향내
슬픈 달

그 향기 너무 진해
나는 못내 슬프네

M 2

M은 나의 붉은귀 거북
건드리면 물 것 같은
청거북이

불어터진
복숭아 알맹이 두 짝

연가를 일으키는
우아한 디바

애달픈 운명의
끊어야 했던 전화

야곱의 7년간,
내 삶의 프리마돈나

내 어디서 그대를 다시 만날까?
다시 올 수 없음의 애달픔이여…

MY

MY는 나의 위로자이며 미래
그리고 함께 시작하는 현재.

너에 대한 내 사랑시가 충분히 차오르기 전에는
내 자신을 시인이라고 일컫지 않으리.

그녀들은 내 지난 추억의 작은 단편들에 불과하지만
너는 내 미래 전체라고 말하리.

나의 터전이여! 나의 근원이여!

지진을 일으키거나 폭풍이 치는 바다가 아닌
드디어 잔잔한 바다를 만나다

MY야 너는 천만인의 어미가 되어라.

MY 2

귀엽게 두툼한 너의 뒷모습이
나의 다른 한쪽이라는 사실을
이제야 깊이 실감한다

어젯밤 투정부리며 울던 너의 모습이 내겐 퍽 안쓰러웠다
한없이 어른스럽던 너의 모습이었는데
이제는 내 품 안에서 아기같이 잠든다

뒤뚱거리는 너의 하체가
나에겐 퍽 애처롭다

첫사랑만 한 다스인 나에게
너는 내 하나뿐인 마지막 사랑
아무리 잘생긴 여자가 밖에 돌아다녀도
내 운명은 여기에 있다

MY
내 사랑
내 반쪽

MY 3

폭풍이 치는 바다가 아닌
잔잔한 청록색 바다

뚱뚱해서 묻혀 있던 노다지

첫날밤의 피는
내 깊은 가슴에 묻혔을 것이다

나는 너의 지어미이고 아기이며
너는 나의 지어미이고 아기

MY와 종

종을 울리던 노란 소년
그것은 나만의 착각

너를 찾아 나섰지만
보이지 않는 너

6년의 기억 속에 한번도 피어오르지 못했던 꽃
내 이를 어쩌랴.
두 번 다시 돌아오지 못할 여러 번의 패배

4부

역전의 깃발

항복의 깃발은 내려졌고
내 진지에 검은 깃발이 펄럭인다

이미 피로 물들었고 또 그러고도 오래된
나의 깃발은 이제 검은색이다

이제 진짜 전쟁을 시작한다
향기는 피 냄새로 대체되었다

오래 살아도 멀쩡할
나의 진지에
나는 그대를 기억하나 보내야 하겠다

잘 가라
남의 여자로

접는다
너의 패배자

연애편지

네가 날 보고 싶다고 한다면
달려가겠다.

네가 엄마가 되어준다면
나는 아기가 되겠고
네가 아기가 된다면
나는 아빠가 되겠다.

네가 보석이라면
난 너를 지키는 든든한 바위가 되겠고
네가 불이라면
나는 너의 주위에서 타는 나무가 되겠다.

네가 물이라면
나는 너의 주위에서 휘몰아치는 바다가 되어
아무도 너를 침범치 못하게 하겠다.

네가 백치 미인이라면, 나는 컴퓨터가 될 것이고
네가 똑똑한 여인이라면, 난 가정부가 되겠다.

네가 걷는 나를 따라온다면
나는 스포츠카를 몰겠다.

내 밥상이 초라해도 너무 슬퍼하지 마라.
우리는 서로 있음으로 온전하다.

오래지 않은 지독한 향기

넌 어쩌려고 그렇게 예쁜 거냐?
내 네게 예쁘다고 말한 적이 있더냐?

넌 뭘 믿고 그렇게 귀여운 거냐?
네가 뭔데 너를 안고 싶은 거냐?

내 속을 다 아는 것 같더니
왜 엉뚱하게 결론을 내는 거냐?

아주 오래전에 죽고 싶던 소년이 있었다.
이제 그런 미열은 가신 것 같은데….

네게서 나던 남자 향기는
오히려 내게 너무 지독한 여자 냄새 같다.

어색하기만 했던 HMY라는 이름
이젠 무섭지도 않다.

J
M의 평화

M
J의 투쟁

Y는 내 옆에 누운 또 하나의 제물

Y야!
살찐 망아지 한 쌍을 잡아 화목제로 드리자.

우리 대신에 죽을 생명에게 축복하고
그 고기를 먹자. Y야!

하늘의 주께서 우리를 불쌍히 보시고
우리를 용서하시며 그 제물을 받으시리라.

미안하다. Y야!
너는 마치 남자들 중에 잃어버린 장군 같구나.

주께서 이 철없는 네 낭군을 용서하시고
우리의 화목제를 받으신다면
나는 주께서 우리를
영원 전부터 짝지으실 계획이었다고
치부해버릴 것이다.

_ 여자 1

융프라우요흐에서

융프라우에서 눈발이 몰아칠 때,
난 네게 감기약을 내밀었다.

너를 버렸을 때, 너는 매우 떨었고
우린 남이 되어 갔다.

알프스를 내려올 때,
너는 주위에 아무도 없는 사람처럼
땅을 보고 걸었다.

나는 네게 융프라우 절벽의 '여기가 끝'이라는
팻말을 찍은 사진을 보낸다.
당신 Y가 눈으로 못 보았을…

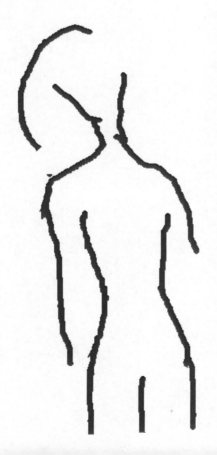

_ 여자 2

음양

나무꾼과 선녀

바다와 하늘

콩쥐 팥쥐

개와 고양이

Hunters Chorus와 Angels Chorus

장길산과 임꺽정

로미오와 줄리엣

남한과 북한

미국과 소련

회장과 총무

선생과 애인

풍수지리설과 scientific paradime

동독과 서독

스팀팩과 보약

힌두교와 유대교
가톨릭과 오토독스
아마존과 바바리안
황용과 곽정
소용녀와 양과
칼과 방패
Leader와 Helper
마초와 킹
보스와 리더

음과 양
둘이 하나

이 하늘같이 맑은 영혼아!

너는 뭘 믿고 그렇게 용감한 거냐?
내게 너는 가슴을 열고 다가오지만,
너의 약점이 나를 오히려 반성하게 만든다.

너는 뭘 믿고 그렇게 귀여운 거냐?
세상 모든 걸 다 아는 것 같던 여자가
왜 먹이처럼 그런 눈동자로 딴 곳을 보는 거냐?

너는 내게 길을 찾아가는 나침반처럼 말을 하고,
마치 내 인생을 다 지켜봤던 것처럼 말한다.

네 말은 어떨 때 내 심장에 palpitation을 일으킨다.
넌 내 주위에 종을 울렸고,
내게 영혼인 채로 찾아와 무겁게 조언한다.

너는 아마도 내 센티넬이 될 것이고
나는 너를 지키는 가드가 될 것이다.

나는 내가 가진 것을 모두 동원해 너를 차지할 것이고,
네가 했던 말처럼 물러서지 않을 것이다.

재시의 추억

그해 겨울은 무척 길고 힘들었지만
따뜻했던 건 끝없이 틀던 스팀 때문만은 아니었다.

그녀의 따뜻했던 마음은 내게 안식이었고
그 긴 기다림은 내게 기쁨이었다.

그녀의 부서지던 웃음들은 내게 안식을 줬고
그 편안함이 행복으로 느껴졌다.

진실게임

내가 말했다.
"솔직히 네 손에 죽고 싶다."
그녀가 말했다.
"웬일이니?"

내가 말했다.
"나 그녈 사랑했어."
그가 말했다.
"사치스러운 놈!"

내가 말했다.

"난 내 일기가 들어있던 디스켓도 애착이 가."

또 다른 그가 말했다.

"토테미즘이야."

마지막의 그녀가 말했다.

"나 억만금."

내가 말했다.

"흐잉, 네 말 맞아."

질풍

백색의 꽃,
그것은 때로는 찾아올 수도 있는 실물

첫 번 타격이었던 나, 그것은 우주여인의 짝!

백색!
그것은 때론 내 깃발을 물들였지만
그것은 단지 사라진 피지의 꿈

그것은 백기가 아니라
내 세 번째 챕터의 첫 번째 페이지
또한 모를 때
채 모르고 내린 깃발

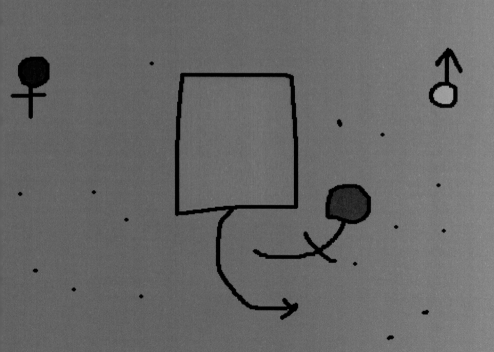

_연애

짝사랑

나는 다른 별의 중력을 이용하여
지긋지긋한 이 별을 벗어난다.

그녀의 환상은 백마 탄 왕자

어디선가 궤도를 잃고 떨궈지는 별은
소혹성을 끌어당기고 있다.

나의 별은 어디에….

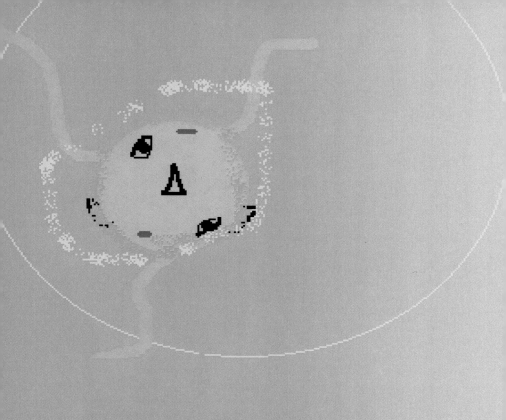

_ 이상한 생물

첫사랑

우리는 부부로 태어나 친구로 끝을 맺습니다.
당신은 언제나 내 마음의 등불이었지요.
이 이야기를 왜 지금에서야 하는지 모르겠어요.

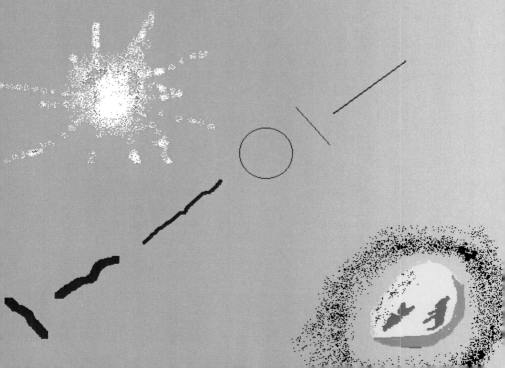

카사노바

여자의 향기 하나로 배부른 날들
그대의 배신마저도 내겐 아픈 행복이리.

오 그대여, 가지 마소서.
내 마음이 상처로 너덜거릴 때까지

오 그대여, 안심하라오.
나는 그대에게 상처를 남기지 않으리다.

_ 쥐

콘치즈

그녀는 콘치즈를 꼭 사오라고 했는데,
나를 좋아하지는 않은 것 같다.

그녀에게서 배운 것은
달콤한 추억이 아니라
이성에 대한 염증 같은 것이었다.

세상 여자들은 남자의 타이틀에 현혹되고
사랑하지도 않으면서 그런 척을 하기도 하는 것 같다.

때론 미열에 들떠 예식장의 내 여자를 상상했는데,
아니 아직도 상상한다.
나를 승리자로 기다리는 백의의 천사가 있을 거라고….

남자는 당당하게 춤을 추러 들어온다.
그리고 여자는 전쟁의 승리자를 환영하러 들어온다.
팡파레가 터지고, 축제는 고조를 내달린다.

이렇게 되지 않은 이유는 딱 한 가지,
그녀가 내 여자가 아니었기 때문이다.

_ 천둥 1

플랜 B

날뛰던 송아지는
어느덧 늠름한 황소가 되어간다.

재워줄 수 없었던
너의 품의 큰 의미는 지워졌다.

상상 속에만 있던 나의 사랑은
주의 제물이 되었다.
그리고 너의 사랑도

잘 가라
남의 여자로

접는다
너의 제물

_천둥 2

Philos

널 마주 앉아 널 안아보지 않는다.
너는 나의 친구
어릴 적부터 얼굴이 검은

네가 여자로 자라 내 앞에 있어도
나는 나를 용납하지 않는다.
왜냐면 너는 나의 친구
어릴 때 나와 함께 태어난

너를 마주 앉아 네게 주고 싶은 내 마음을 보인다.
너는 나의 친구
내 사랑이 이미 너에게 있더라도
나는 너를 내 가슴에 새긴다.

조용하여 파도 없는 내 마음,
그리고 잔잔해지는 너의 마음
너는 나의 끊을 수 없는 친구

_ 해와 달

항복

하얀 손수건…
내 전장에 백기가 휘날리고…

그대의 독한 향기가
이곳을 가득 메웠다

물러설 수 없는 이곳
나는 죽음만을 기다린다

_ 융프라우요흐의 알림판